PÁJAROS

Diane James & Sara Lynn

Ilustraciones de Sue Cony

Vuela como un pájaro

¿Te gustaría volar como un pájaro? Hay muchas clases de pájaros. Todos tienen plumas y alas y, sobre todo, pueden volar. Los pájaros tienen picos en lugar de bocas y dientes cómo los otros animales. Ponen sus huevos en nidos y los polluelos salen de los huevos rompiendo el cascarón.

PÁJAROS CARPINTEROS

Los pájaros carpinteros usan sus afilados picos para taladrar agujeros en los troncos de los árboles. Luego meten bajo la corteza su lengua larga y pegajosa y sacan insectos para comer.

Para que los otros pájaros no se acerquen a sus casas, los asustan martilleando con sus picos los troncos de los árboles huecos.

Los pájaros carpinteros construyen sus nidos en los agujeros que hacen en los troncos.

Los pájaros carpinteros usan sus fuertes colas y patas para mantenerse en equilibrio contra los troncos de los árboles.

LOROS

Los loros viven en países cálidos. Tienen plumas de colores vivos.

La mayoría de los loros tienen picos en forma de gancho con los que abren las semillas y las nueces. También usan sus picos para trepar por los árboles.

Algunos loros ponen sus huevos en los agujeros de los árboles. Otros, en el suelo o entre las piedras.

Los loros viven en grupos grandes y charlan ruidosamente, graznando en las ramas de los árboles.

Las águilas viven en muchos lugares del mundo. Son tímidas y viven en lugares tranquilos, lejos de la gente.

Las águilas vuelan muy alto en el cielo. Cuando planean mantienen sus alas derechas casi sin moverlas.

Las águilas hacen sus nidos a grandes alturas. Algunas viven en las laderas y otras en árboles muy altos.

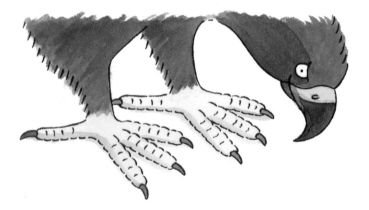

Las águilas son aves cazadoras. Sus garras y picos afilados le dan un aspécto feroz.

Los polluelos de las águilas se llaman aguiluchos. Tienen plumones suaves y cuando recién nacen son muy débiles. Tres meses después ya pueden abandonar el nido.

FLAMENCOS

Los flamencos tienen patas y cuellos largos y finos. Sus picos son grandes y curvos.

Hacen sus nidos amontonando barro y arriba de todo ponen sus huevos.

Los flamencos viven en grandes bandadas, generalmente cerca de lagos y pantanos.

Muy a menudo, los flamencos descansan parados en una pata y vuelan con las patas recogidas hacia atrás.

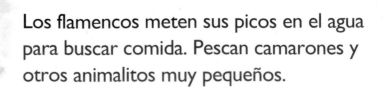

Los flamencos meten sus picos en el agua para buscar comida. Pescan camarones y otros animalitos muy pequeños.

Los cisnes son pájaros grandes. Tienen largos cuellos y picos aplanados. Sus patas son cortas y sus pies palmeados.

Cuando salen del cascarón, los polluelos están cubiertos de plumones suaves de color gris.

Los cisnes hacen nidos enormes en la tierra. Los construyen con hierbas y otras plantas.

A veces, los cisnes sumergen todo el cuerpo en busca de comida. Se quedan patas arriba y con la colita al aire.

Los polluelos se pasean sobre la espalda de sus mamás. Así se mantienen secos y calentitos.

BÚHOS

Los búhos viven en casi todo el mundo. Tienen cabezas redondas, caras aplanadas, ojos enormes y picos en forma de gancho.

Los búhos pueden dar la vuelta completa a la cabeza y mirar hacia atrás.

Los búhos viven a menudo en casas viejas o troncos huecos. ¡Sus nidos son bastante desordenados!

Tienen plumones suaves y esponjosos que hinchan para parecer más grandes de lo que son.

Generalmente ven mejor en la oscuridad que con la luz del día y por eso cazan su alimento de noche.

PELÍCANOS

Los pelícanos viven cerca de los lagos o del mar y son muy buenos nadadores.

La mayoría hace sus nidos en hoyos pequeños en el suelo. Muy a menudo anidan en islas.

Los pelícanos tienen unos picos enormes y derechos. Debajo del pico tienen una bolsa en donde cargan los peces que atrapan.

Los polluelos meten sus cabezas dentro del pico de su mamá para comer el pescado que ella les trae.

Cuando un colibrí vuela, sus alas se agitan tan rápido que apenas si se pueden ver. Cuando se mueven se escucha un zumbido suave.

Los colibríes son las aves más pequeñas del mundo. Algunos no son más grandes que un abejón.

Los colibríes son los únicos pájaros que pueden volar hacia atrás.

Los colibríes usan sus largos picos y lenguas para chupar el néctar que está muy adentro de las flores.

Sus nidos son muy pequeñitos y en forma de taza. Algunas veces usan telarañas para amarrarlos.

La mayoría de los pingüinos viven en regiones muy frías. Para mantener el calor se amontonan apretaditos y se turnan para ponerse en la fila exterior.

Los pingüinos caminan contoneándose sobre sus cortas patas o se deslizan sobre el pecho en el hielo.

Los pingüinos no pueden volar. En lugar de alas tienen aletas que usan como remos para nadar.

El pingüino emperador macho sostiene el huevo entre sus patas y lo cubre con un doblez de piel especial que tiene para calentarlo.

20

PREGUNTAS

¿Cómo se alimentan los polluelos del pelícano? ¿Qué les gusta comer?

¿Con qué hacen sus nidos los flamencos?

¿Para qué usan los loros sus picos en forma de gancho?

¿Cuándo cazan los búhos su comida?

¿Dónde viven las águilas?

¿De que están cubiertos los pollitos de cisne cuando nacen?

¿Qué hacen los pájaros carpinteros para que los otros pájaros no se acerquen a sus casas?

¿Cuál es el pájaro más pequeño del mundo?

ÍNDICE

Publicado en Estados Unidos y Canadá por
Two-Can Publishing LLC
234 Nassau Street
Princeton, NJ 08542

www.two-canpublishing.com

© Two-Can Publishing 2001
Ilustración © Sue Cony

Para más información sobre libros y multimedia Two-Can, llame al teléfono 1-609-921-6700,
fax 1-609-921-3349 o consulte nuestro sitio Web http://www.two-canpublishing.com

Editora: Lucy Duke. Diseñadora: Beth Aves. Traducción al español: Susana Pasternac.

'Two-Can' es una marca registrada de Two-Can Publishing.
Two-Can Publishing es una división de Zenith Entertainment plc.
43-45 Dorset Street. London W1H 4AB

HC ISBN 1-58728- 387-5
SC ISBN 1-58728-391-3

1 2 3 4 5 6 7 8 9 10 03 02 01

Créditos de fotos: pp 2-3 Oxford Scientific Films, p5 Aquila, p7 Oxford Scientific Films, p9 Oxford
Scientific Films, p11 Bruce Coleman, p13 Ardea, p15 Zefa, p17 The Image Bank, p19 Bruce
Coleman p21 Bruce Coleman

Impreso en Hong Kong